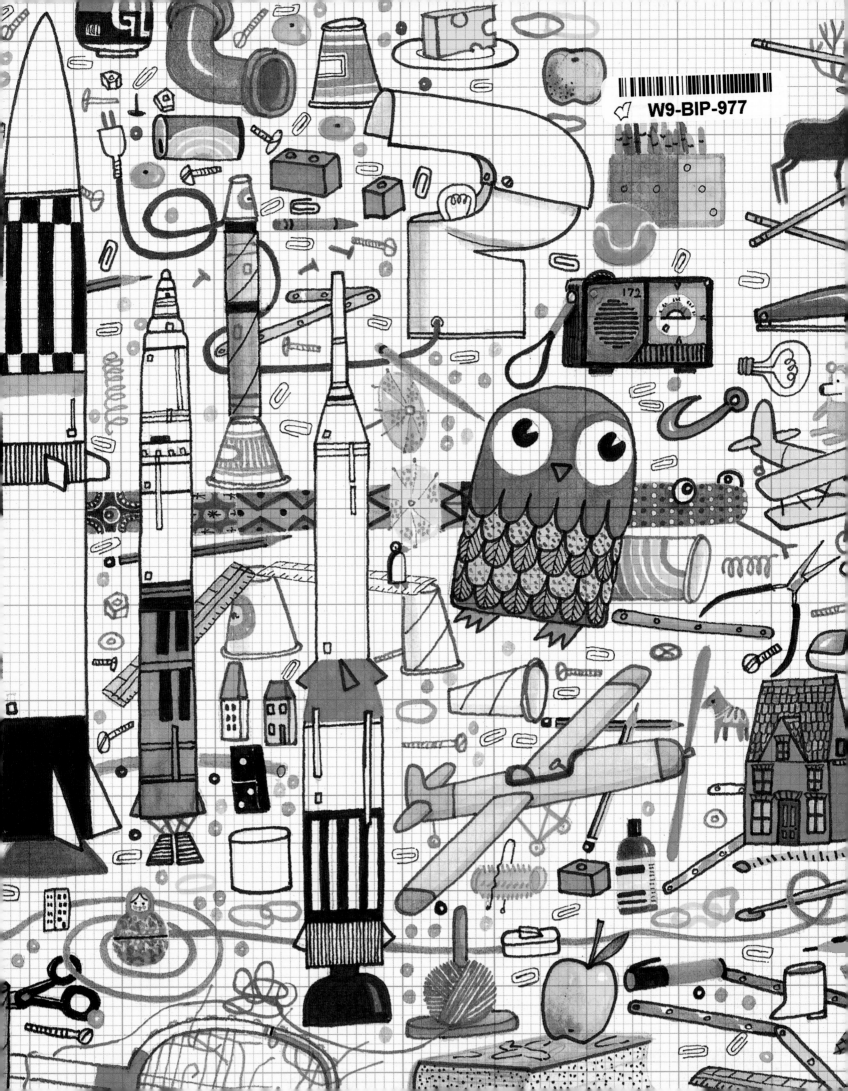

Nuestro agradecimiento a la generación
de nuestros padres y abuelos por hacer
lo necesario cuando más se necesitaba.
A. B. & D. R.

Papel certificado por el Forest Stewardship Council®

Título original: *Rosie Revere, Engineer*
Primera edición: octubre de 2018

Copyright © 2013, Andrea Beaty.
© 2013, David Roberts, por las ilustraciones
Publicado originariamente en lengua inglesa en 2013 por Abrams Books for Young Readers, un sello de ABRAMS.
Harry N. Abrams, Incorporated, Nueva York
Todos los derechos reservados por Harry N. Abrams, Inc.
© 2018, de la presente edición en castellano:
Penguin Random House Grupo Editorial, S. A. U.
Travessera de Gràcia, 47–49. 08021 Barcelona
© 2018, María Serna Aguirre, por la traducción
Realización editorial: Araceli Ramos

ISBN: 978-84-488-5096-8
Depósito legal: B-16655-2018
Impreso en Impreso en Talleres Gráficos Soler, S. A.

BE50968

Andrea Beaty
Ilustraciones de David Roberts

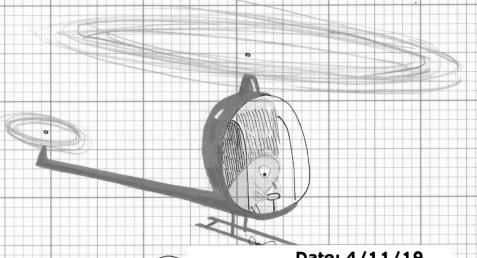

ROSA
PIONERA, INGENIERA

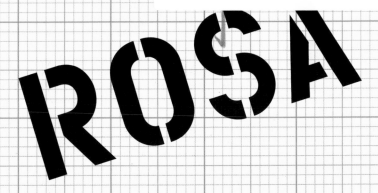

Beascoa

ESTA ES LA HISTORIA DE ROSA PIONERA,

que soñaba con ser una gran ingeniera.

En clase de Lila Greer se quedaba cortada

y por timidez no se atrevía a decir nada.

Rebuscaba en la basura cuando nadie la miraba

y recogía trastos y cachivaches que atesoraba.

Después, por la noche, se remangaba la camisa

y se ponía a construir en su refugio bajo la cornisa.

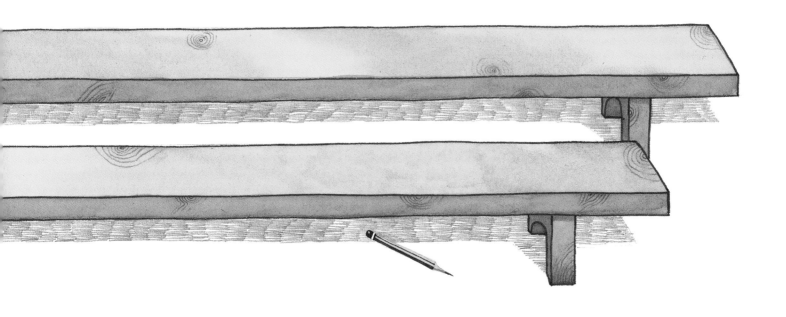

Sola en el desván, bajo la luz de la luna,

montaba chismes y artefactos como ninguna.

Y cuando le entraba el sueño escondía sus inventos

para que nadie pudiera ver sus descubrimientos.

Rosa se había vuelto tímida de repente.

Llegó a inventar, soplándose la frente,

una máquina de perritos calientes

y unos pantalones flotantes

para diversión de sus parientes.

Fred, el guarda del zoo, era su tío más preferido.

Para ahuyentar a las pitones le fabricó un casco lucido

que lanzaba queso con los restos de un ventilador

porque todo el mundo sabe que eso les da pavor.

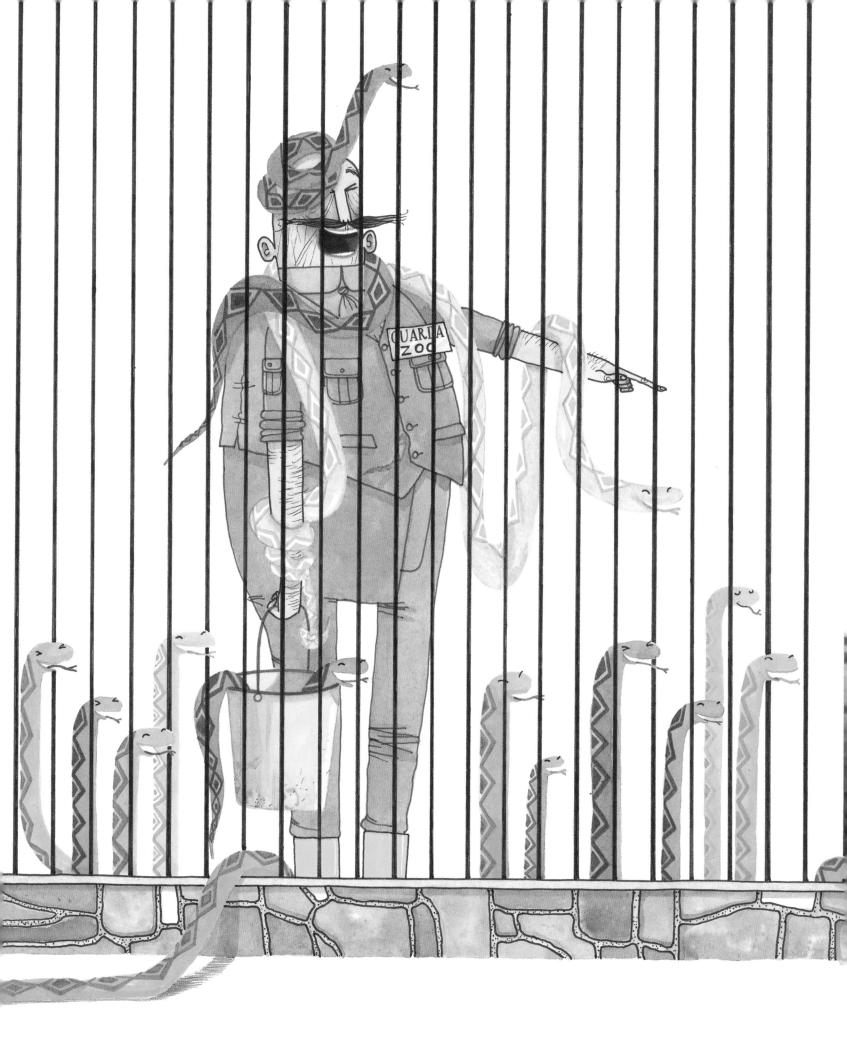

Cuando lo acabó, la joven Rosa estaba muy orgullosa,

pero el tío Fred soltó una carcajada estruendosa,

se le saltaban las lágrimas y se golpeaba la rodilla

de tal manera que asustó a la chiquilla,

que desmayada, perpleja y avergonzada,

dejó el casco en el suelo y apartó la mirada.

«Me encanta», soltó el tío Fred, «eres muy ingeniosa».

Pero Rosa sabía que era una mentira piadosa.

Apretujó el casco en el fondo de la estantería

y no volvió a mostrar su pasión desde aquel día.

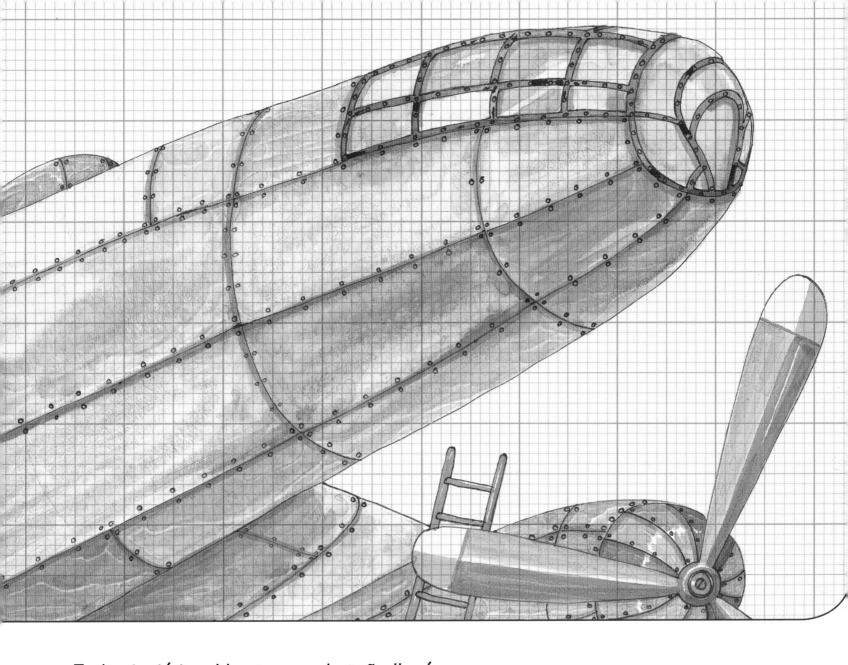

Todo siguió igual hasta que el otoño llegó

y su pariente más antiguo se presentó.

Su tía abuela Rosie era un verdadero terremoto

que había construido aviones en un tiempo remoto.

Le contó a Rosa historias muy divertidas

de sus batallas, logros y metas conseguidas.

Después, miró con tristeza hacia el cielo:

«¡Lo de volar se me quedó en el tintero!

Al final, el tiempo todo lo maneja.

Se quedará en los sueños de una vieja».

Aquella noche, en la cama con la manta subida,

a Rosa se le ocurrió una idea de lo más atrevida:

construir un artilugio para hacer volar a su tía.

Miró el lanzaqueso y pensó: «Qué tontería».

Pero algunas preguntas no hallan respuesta

y siguen dando vueltas cuando uno se acuesta.

Amaneció por fin, el cielo se empezó a aclarar

y la joven Rosa supo cómo hacer a su tía volar.

Se pasó toda la mañana trabajando

y sacó el quesocóptero rodando

para probar de una vez si su invento

era una estupidez carente de talento.

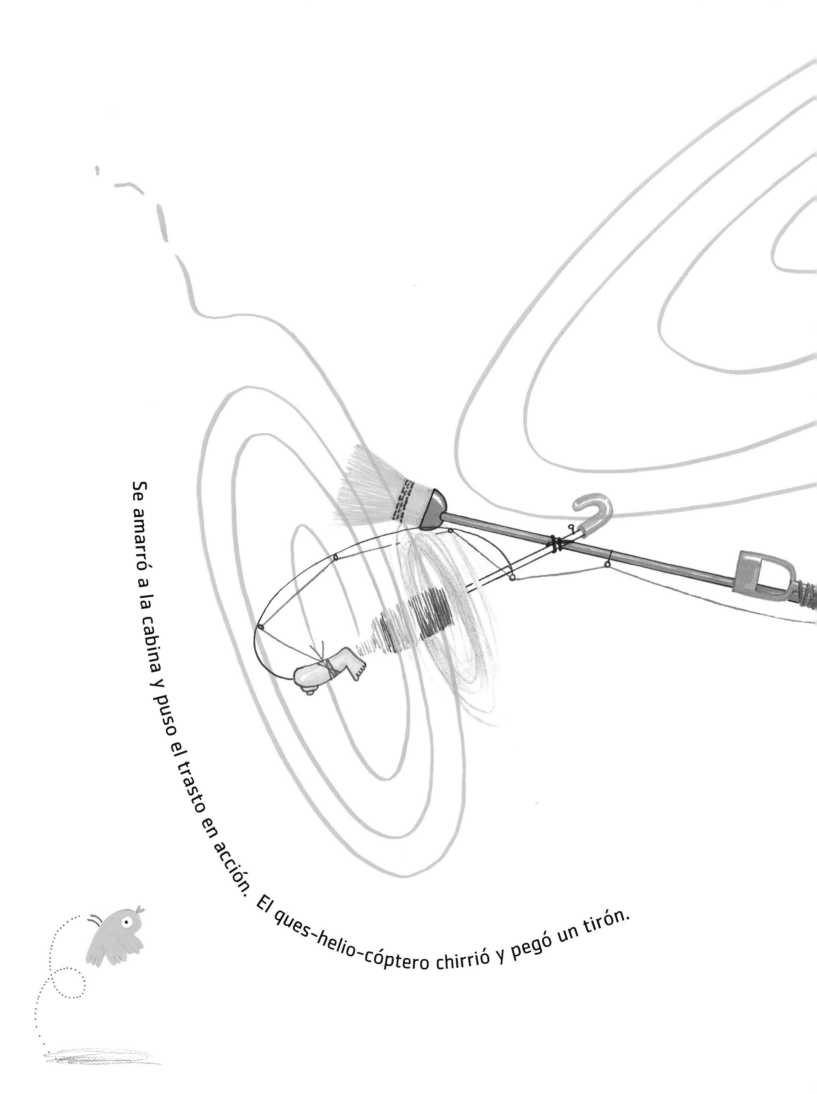

Se amarró a la cabina y puso el trasto en acción. El ques-helio-cóptero chirrió y pegó un tirón.

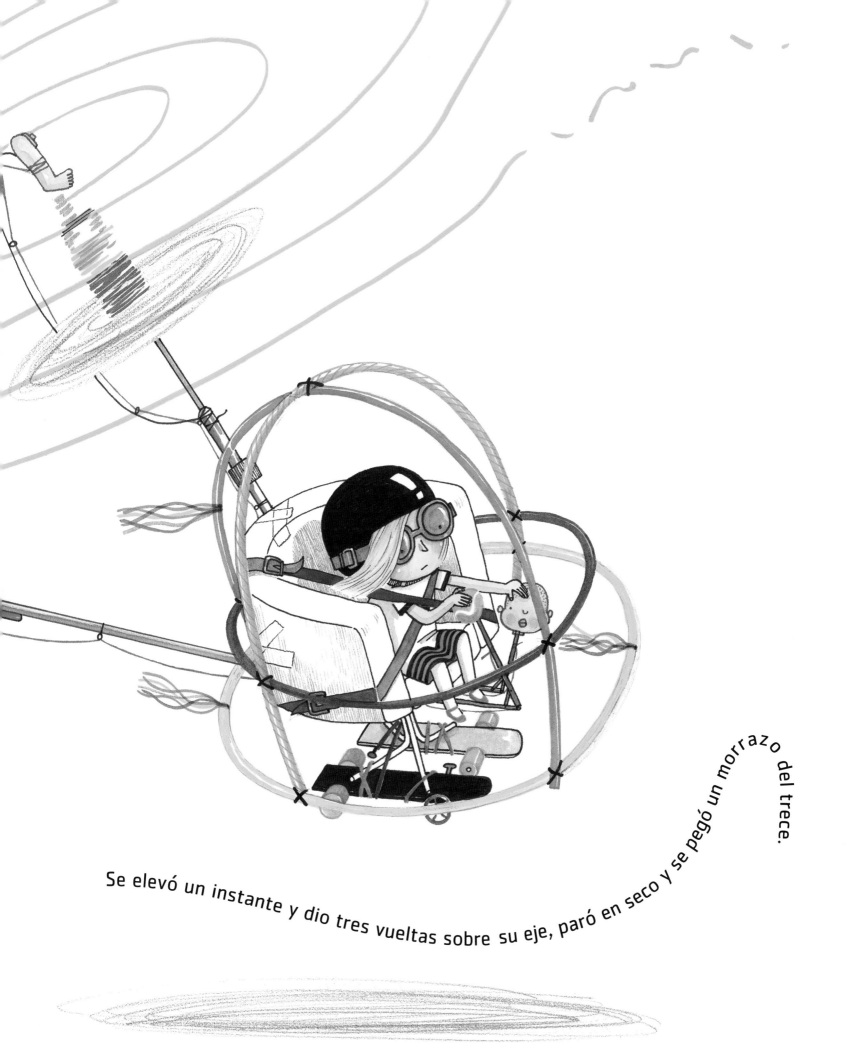

Se elevó un instante y dio tres vueltas sobre su eje, paró en seco y se pegó un morrazo del trece.

Rosa se dio la vuelta al oír una carcajada

y vio a la vieja con la mandíbula desencajada.

Se le saltaban las lágrimas y se golpeaba la rodilla

de tal manera que asustó a la chiquilla,

que pensó: «¡Nunca conseguiré fabricar

un aparato que pueda girar, volar o brincar

con palancas y cambios, por mucho que quiera!

Nunca llegaré a ser una gran ingeniera».

Se dio la vuelta para irse, pero su abuela la cogió del brazo,

estrechó a Rosa contra ella y le dio un fuerte abrazo,

la besó llorando y empezó a gritar: «¡Hurra!

¡Es un gran comienzo! ¡Casi se espachurra!

Te has pegado un batacazo. ¡Ya no te queda nada!».

Rosa estaba desmayada, perpleja y avergonzada.

«Es una porquería», dijo la pequeña. «He fallado.

¿No lo has visto? El quesocóptero se ha estrellado».

«¡Sí!», dijo su tía. «Se ha estrellado, es cierto.

Pero al principio hizo lo correcto.

Antes de pegarse contra el suelo,

Rosa,

justo antes...

¡Levantó el vuelo!».

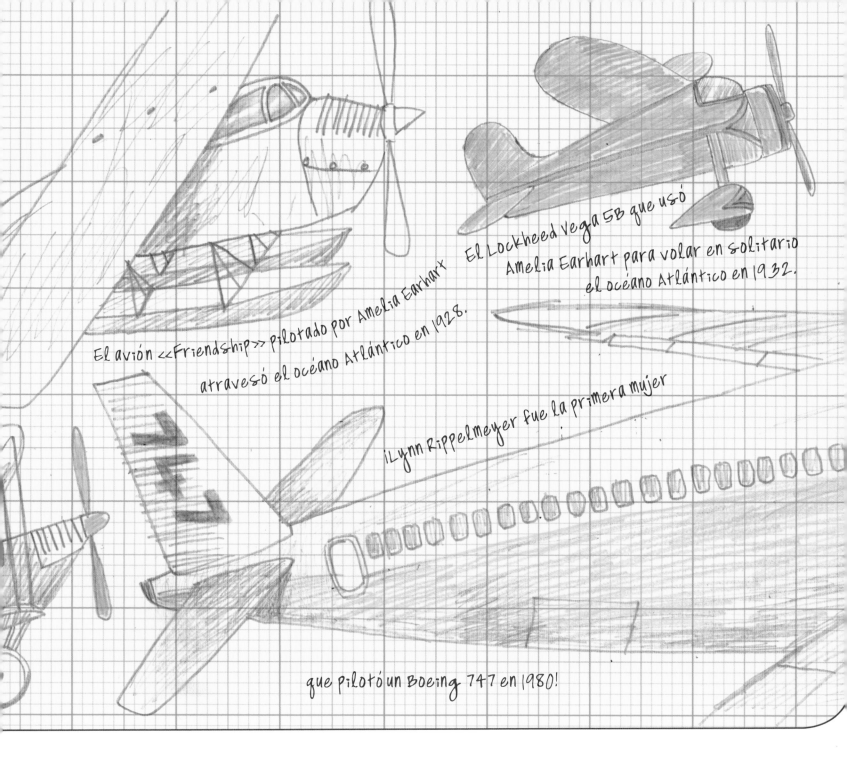

El avión «Friendship» pilotado por Amelia Earhart atravesó el océano Atlántico en 1928.

El Lockheed Vega 5B que usó Amelia Earhart para volar en solitario el océano Atlántico en 1932.

¡Lynn Rippelmeyer fue la primera mujer que pilotó un Boeing 747 en 1980!

«¡Tu primer batacazo ha sido un gran exitazo!

¡Manos a la obra y a por el siguiente pelotazo!».

Le entregó un cuaderno a Rosa Pionera

que sonrió como si por fin lo entendiera.

En la vida se cometen errores, *eso* lo sabe cualquiera.

Pero el verdadero error sería abandonar a la primera.

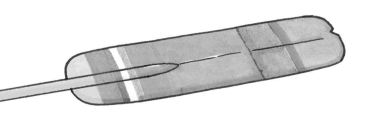

Trabajaron hasta que el sol las dejó a su suerte.

La tía abuela Rosie le ató el pañuelo bien fuerte

y la mandó a dormir con una sonrisa resplandeciente

para que soñara con ser una ingeniera sobresaliente.

En el colegio, todos los alumnos de la clase de segundo
inventaron cachivaches, trastos y artilugios de otro mundo.

Cada metedura de pata se celebraba con alegría
por el orgullo que Rosa Pionera les transmitía.

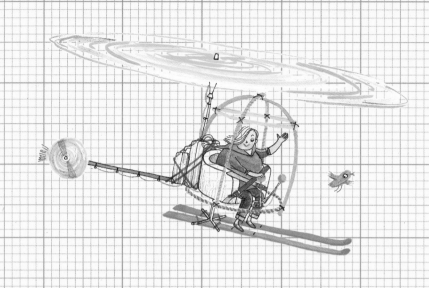

NOTA HISTÓRICA

Durante la Segunda Guerra Mundial, millones de mujeres en los Estados Unidos,
Reino Unido, Australia, Canadá, Nueva Zelanda, la Unión Soviética y otras naciones aliadas
trabajaron para proporcionar el alimento y el equipamiento necesario para el esfuerzo
de guerra. Algunas trabajaron en las granjas cultivando productos para los soldados.
Otras construyeron barcos, aviones, tanques y jeeps. Con la ayuda de muchas mujeres,
las fábricas estadounidenses produjeron más de trescientas mil aeronaves,
ochenta y seis mil tanques y dos millones de camiones militares durante la guerra.
En los Estados Unidos, esas mujeres estaban representadas por Rosie the Riveter,
el personaje de ficción con un pañuelo en la cabeza cuyo eslogan era:

¡NOSOTRAS PODEMOS HACERLO!

OTROS LIBROS EN ESTA COLECCIÓN

ADA MAGNÍFICA, CIENTÍFICA

Ada Magnífica tiene la cabeza llena de preguntas.
Como sus compañeros de clase Pedro y Rosa,
Ada siempre ha sentido una curiosidad insaciable.
Pero cuando lleva demasiado lejos sus exploraciones
y sus complicados experimentos científicos, sus padres
se hartan y la mandan al rincón de pensar.

¿TANTO PENSAR LE HARÁ CAMBIAR DE OPINIÓN?

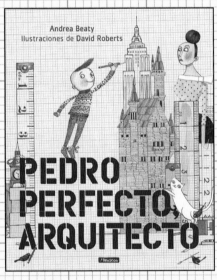

PEDRO PERFECTO, ARQUITECTO

Pedro es un constructor nato. Desde los dos años ha
levantado torres con sus pañales, iglesias con las frutas
y esfinges en el jardín de su casa. Lástima que algunas
personas no valoren su talento. Hasta que un día, las cosas
se complican durante una salida escolar.

UNA COLECCIÓN QUE CELEBRA LA CREATIVIDAD, LA PERSEVERANCIA Y LA CURIOSIDAD CIENTÍFICA.